100歳の生きじたく

吉沢久子

さくら舎

はじめに――今日という一日は今日しかない

二〇一八年の一月に私は一〇〇歳になりますが、みんなにそう言われると、感慨深いというよりも、私自身は「ああそうか」と思うくらいで、そんなに実感はないのです。

二〇一五年、九七歳のときに、生まれてはじめて入院を経験しました。そのころは、思うように足が動かなかったり、家事をしていても、なんだか心臓がドキドキしてしまい、おかしいなと思ったら肺に水が溜まっていたのです。それで検査入院しましたが、そのときは年をとったなと思いました。

でも、考えてみたら、人の致死率は一〇〇パーセント。人は誰でもいつか死ぬものですし、私自身、死が怖いわけではありません。

私がいやなのは、私が死んだときに、「孤独死」と思われることなのです。
夫が亡くなってから三〇年以上、ひとり暮らしをしていますが、私の生活は、ちっとも「孤独」ではありません。家事をはじめ、毎日やることがありますし、姪や甥や友人たちがうちに遊びにきて、おしゃべりをしたり、一緒においしいものを食べたりすることもしばしばです。頭もいまのところ元気です。

九六歳で亡くなった姑は、最後の二年半、認知症を患っていました。私は姑の介護をしましたが、当時は認知症なんていう言葉もありませんでした。ボケていく姑の世話をしながら、詩人の谷川俊太郎さんの『おばあちゃん』という本を読んで、とても救われました。

その本は、おばあちゃんはボケたのではなく、「宇宙人になった」という内容なのです。

その本を読むたびに、相手が宇宙人だとそう思えば、あれやこれや言われても、受け流せる気がしたのです。

ですから私も、「ボケたらどうしよう」なんて心配はしていません。もしボケても宇宙人になるだけ。今日という一日は今日しかない、ということもいつも心に留めて生きています。そして、いつボケても、いつ死んでも、後悔のない生活を送っています。

吉沢久子（よしざわひさこ）

◆もくじ

第2章　感情的にならずに気分よく生きる方法

第3章　病気や病院とどうつきあっていくか

第4章　ひとり暮らしで気をつけていること

第5章　100歳を目前に思うこと

１００歳の生きじたく

第1章　まいにち「自然体」で暮らす

長生きしたいわけじゃない

私は、別に、長生きしたいわけじゃありません。もう九九歳まで生きてきたので、十分だと思っています。その思いは、八〇代のころから、ずっと同じです。

年齢とともに、からだのあちこちが故障してくるのは、当たり前のこと。一〇〇歳近くになって、まったくからだに何も問題がない、という人はいないでしょう。

ですから、病院へ行っても、「先生、あまりあれこれしないでください。もうこれ以上、結構ですから」と言っています。九六歳のころに少し心臓に違和感を覚えて、心房細動(しんぼうさいどう)だと診断されましたが、当時も「もうこの年だから、手術はしません」とお断りしました。いまはただ自然にまかせているだけです。

この年になると、何か処置をして回復してよくなるというより、いかに緩和(かんわ)してうまくつきあっていくか、それを自分でしっかりとわかっていればいいと思うのです。

以前、知り合いのご主人が、長い間、あっちこっち入院や転院をくり返されて、「治療」というものはいやだなぁと、つくづく感じたものです。

そのご主人は、最後は、生きているというよりも、医者に生かされているという状態でした。からだのあちこちがかゆくなっても、かきむしると悪化してしまうので、とても分厚い手袋をはめられて、拘束(こうそく)されていました。

本人は「かゆい」と言っているのに、「かいちゃいけない」と言われて、どうにかならないものかと思いました。

最近、厚生労働省から、七〇歳を過ぎたら抗がん剤治療はしないほうがいいというようなことが言われているようですね。薬には、いろいろな副作用もあるし、治療はけっこう苦痛をともなうので、ストレスもかなり溜(た)まります。

高齢者に限っていえば、無理に治療をしない人のほうが、長生きをしているという結果もあるようです。

私自身のことをふり返ってみると、老いを自覚しはじめたのは、七〇代のころです。

いま、日本の平均寿命は男性が八〇歳、女性が八七歳。ですから、いま九〇歳以上生きる人も、ごく普通になってきましたが、健康寿命となると、もっと年齢が若くなります。男性の健康寿命は七〇歳くらい、女性の健康寿命は七四歳くらいです。

つまり、七〇代になると、からだの調子が悪くなったり、入退院や手術をくり返したり、車椅子の生活をしたり、寝たきりになったり、いままでのように活動的に過ごすことができなくなる人が多くなります。

私の場合、七〇代のころは、仕事が充実していて、飛行機や新幹線で全国を飛びまわっていました。ですが、次第に疲れがとれにくくなったり、階段を上るのが一苦労だったり、重いものを持ちあげられなくなったりと、老いを意識することが多くなっていきました。

そして、八〇代、九〇代と年を重ねるたびに、「いつ死んでもいい」と思うようになってきました。

人は、必ず死にます。病気になって、ベッドで寝たきりで、苦痛な治療や手術をし、薬漬けの日々を送るくらいなら、いっそのこと、何もしないほうがいいと思っています。

よく姑（しゅうとめ）とも話していたのですが、私の理想の死に方は、前の晩までみんなと元気に話していて、朝、誰も知らないうちにポックリ死んでいること。病気で、長い間、治療によって生かされて、苦しみながら命を終えるのは、私の本望ではありません。

九九年間、休まず使いつづけているからだなのですから、いまも、いつ止まってもおかしくありません。無理して長生きするのではなく、自然体で健康なまま、寿命を終えたいものです。

寝ていたってしょうがない

私は、ひとり暮らしをしています。一九八四年、私が六六歳のときに夫が亡くなってから、ずっとひとり暮らしです。

ひとりなので、朝早く起きて家族のために食事をつくる必要もありません。朝寝坊しようと思えば、いくらでもできますし、部屋が多少ちらかっていても、誰かに文句を言われることはありません。

食事も、いまは便利な世の中ですから、毎日、スーパーでお惣菜を買ったり、仕出し弁当を利用して、一切料理をつくらなくても暮らせます。一日中、ボーッと過ごすことだってできるのです。

でも、私はそういう生活はいやなのです。いまでも、朝はちょっとゆっくりですが八時半には起きるようにしています。

まずは雨戸をあけて、一日を始めます。

朝食は、以前は、パンに、ほうれん草をバターで炒めて半熟卵をのせたおかずを添えたりしていましたが、洗いものが面倒になってきたので、小麦粉にニラや桜エビを入れたチヂミをつくって冷凍しておいたものを、トースターで焼いて食べたりしています。

ご飯が冷蔵庫に残っているときは、牛乳粥(ぎゅうにゅうがゆ)にして食べたりします。

朝食を食べたあとは、後片づけをして、新聞を三紙（朝日、毎日、読売）読みます。万遍なくではなく、気になった記事を熟読します。

午後は仕事をする日もありますが、庭で野菜やハーブを育てているので、庭いじりをすることもあります。

友人など、来客があれば、お茶を飲んだりして過ごします。

週に何回かは、姪(めい)や甥(おい)が手伝いにきてくれるので、買いものを頼んだり、家の中のこまごましたことをやってもらったりしています。

九九歳のいまになっても、このような生活を続けることができているのは、気持ちの問題が大きいと思います。

「ひとりで生きていくんだ」そういう気持ちがなくなったら、すぐに寝たきりになってしまうと思います。

「歩いて入院、車椅子で退院」なんて言葉がありますが、この年齢になると、自分で意識して動かしていかないと、からだはどんどん衰えていきます。

先日、トイレに行くときに転んでしまったので、まわりの人から、「紙パンツにしたほうがいい」と言われたのですが、やっぱりいやなのです。まだ、ひとりでトイレに行けるのに、紙パンツをするのは抵抗があります。ですから、紙パンツにしなくてもいいように、足腰を鍛えるというほどではないですが、家事などで、できるだけ動くようにしています。

畳の部屋で寝転がりながら、一日中ゴロゴロと過ごしたほうが楽なのかもしれませんが、そうすると、からだがそれに慣れてしまいます。

寝たきりになるくらいなら、ポックリ死んでしまいたいのです。ですから、できる限り自分のことは自分でする。

自分のからだは、甘やかさないようにしています。

私の場合は「家事」健康法

九九歳まで生きていると、「健康法は何ですか?」と聞かれることがよくあります。でも、私は、いわゆる健康法というようなことは、一切やったことがありません。

周囲を見ていても、四〇代、五〇代くらいですとランニング、六〇代になるとウォーキングなどをおこなう人が多いですが、私は、じつは運動があまり好きではないのです。


七〇代、八〇代になると、ヨガや太極拳(たいきょくけん)をする人もいますが、私は、まったくしてきませんでした。

こういった運動もひとりでやればいいのですが、サークルなどに参加して、そこが社交場のようになっていると、人間関係がストレスになったりすることもありますね。そういった煩(わずら)わしさもあるので、私の場合は、家事で、できるだけからだを動かしています。

あえて「運動」をしなくても、「家事」をきちんとしようと思うと、かなりの運動になります。料理、掃除、洗濯など、立ったり、歩いたり、一日中家事をすれば、普通の健康な人だったら一万歩くらい歩いているかもしれません。

家事は、全身運動です。雑巾をしぼるのに握力を使うし、洗濯物を干すのに腕を上げたり、トイレ掃除でしゃがんだり、腹筋や背筋といった筋力も必要です。家のすみずみまで掃除機をかければ、汗もうっすらとかきます。

『脳の強化書』の著者でもある医学博士の加藤俊徳（かとうとしのり）先生が、家事はいちばん頭を使うとおっしゃっていました。

心臓の調子がおかしくなってからは、以前のように自分の思い通りにからだを動かすことができなくなってきましたが、それでも家事は、できるだけ自分でできるように工夫しています。

たとえば、室内用のピンクの台車を利用して、玄関に届いた宅配便の荷物やお米などは室内に運ぶようにしています。姪や甥に「運んで」と頼めば、簡単に運んでくれますが、工夫すれば自分でできる方法があるのに、それをしなければ、どんどんからだは衰えていってしまいます。

掃除機も、壁に立てかけられる軽いコードレスタイプに買い替えました。ですから、いつでも腰をかがめずに掃除をすることができます。


九七歳で入院したとき、お医者さんから、「退院直後は、なるべく家でも安静にしてください」と言われました。でも、たいした病気でもないのに、いつまでも寝ていたら、ますますからだが動かなくなってしまいます。

ですから、家事も、「動けるときは、自分でする。疲れたら休む」というのが、なによりの健康法だと思っています。


約二〇年間一緒に暮らし、九六歳まで生きた姑は、毎朝一時間、自己流の体操をするのが日課になっていました。

九〇代になって、立っておこなう体操がつらくなってからは、布団の中で寝ながら体操をしていました。手をグーパーグーパーと折り曲げたり、足の曲げ伸ばしをしたり。たとえ布団の中でも、自分ができる範囲で運動をする。

私も姑を見習って、からだが動く限りは自分で工夫して、家事を続けていきたいと思っています。

家庭菜園で「明るい農業」

外出の機会が減ったいま、もっぱらの趣味は家庭菜園です。家庭菜園を始めたのは、いまから三〇年以上前のことです。

同じ敷地に住んでいた姑が亡くなり、姑の住んでいた離れの部屋を更地(さらち)にしました。わずか六畳ほどの広さですが、そこを家庭菜園として利用することにしたのです。

食いしん坊の私にとって、庭で食べものが収穫できるというのは、何よりの楽しみです。セリ、ミョウガ、サラダ菜、サニーレタスといった葉物野菜やハーブのほか、キュウリ、ミニトマト、ブロッコリー、ナス、春菊、水菜も育てています。

体力的なこともあり、畑のほうは甥と一緒にやっています。その甥が、定期的に、植木屋さんに行って、いろいろな苗や花を買ってきてくれるのです。

私は、セリとか三つ葉とか、スーパーで食材として買ってきたものを、根を切って植えていたのですが、甥は、普通には、あまり手に入らないようなものが好きで、変わった野菜やブランドものの野菜の苗をいろいろと買ってきます。

キュウリなどは、ブランドものの苗を買ってきてくれたので、他のものよりも葉っぱも大きく、見事なキュウリがなっています。キュウリは、あっという間に育つので、毎日、摘みたてを食べられます。

ミニトマトも数種類、苗を買ってきてもらっています。私がすぐ穫れるように、大きな植木鉢に一本植えて、台所のベランダに置いてあります。食べたいなと思ったら、台所から手を伸ばせばいいので、とても便利です。

レタスも、全部抜かないで、葉を摘めば、また新しい葉が出てきます。ニラやセロリも花が咲いているし、ナスタチウム（キンレンカ）という、食べられる黄色い花も植えています。

野菜の花ってきれいでしょう。私は、一時期、チャイブ（セイヨウアサツキ）も花が咲くまで育てていました。

ちょっとおもしろいと思うのは、紫色をした、エジプトのツタンカーメンのお墓から出てきたという古代エンドウ豆。ほかには、ホップも植えています。ビールはつくれませんが、お茶のようにして飲むといいらしいので楽しみです。

甥たちはマンションの上の階に住んでいるので、土に触れる機会がないのです。ですから、休日は菜園に来て、土いじりを楽しんでいます。姪は、新しいガーデニング用の手袋や、用具などを買ってきてくれて、三人のチームワークで家庭菜園を続けています。

以前、ジャガイモの芽がいっぱい出てしまったときに、そのまま植えてみたら、小さいジャガイモがたくさん出てきたので、甥のところの孫を呼んで、「これはジャガイモだから、抜いてごらん」と言って収穫をさせたところ、とてもうれしかったようで、もったいなくて食べられないとしばらく床の間のようなところに飾っていたそうです。

そういう話を聞くのも、楽しいですね。ですから私は、この畑づくりを「明るい農業」と呼んでいます。

家庭菜園歴も三〇年を超えましたが、最近は、いい肥料も多く、めずらしい品種も手に入るので、日々、菜園を見ているだけでも、ワクワクします。

庭には、とてもきれいな花が咲いて、実のなる木もたくさんあります。アンズやモモなどは、八百屋さんで買って、食べたときにおいしかった種を埋めてみたものです。それがもう一〇年、二〇年以上前のことだったと思います。

長生きすると、こういう楽しみができるんだなぁと思います。

土があれば、種をまいて、いつの間にか芽が出て、そのうちに、ある日、突然花が咲くこともあるのです。

また、私は野草も好きです。最近は、道端に野草が少なくなってきたので、スミレやオダマキ、イカリソウなどを大事に寄せ植えにしています。

若いころから、花が好きで、根つきの野菜を買うと、根だけ植えたりしていましたが、ここまで関心はありませんでした。勉強会とか、映画とか、そういうものに一生懸命で、植物を育てるということには、これほど興味はありませんでした。

でも、年齢とともに、植物や野菜たちが、どんどんいとおしくなってきました。種をまいた、芽が出た、花が咲いた、実がなった……なんていう姿を見ていると、一年があっという間です。

このごろは、あまり散歩に行けなくなりましたが、いつもの散歩道の「あのお宅の、あれがもう咲いているころかしら」と、そんなことを思うのも生活の彩（いろどり）になります。

できるだけ自然を残して暮らす

家庭菜園をしていると、当然、虫もいっぱいやってきます。虫に刺されたりするのはいやですが、私は、あまり気にしないほうです。

ヤモリが出てきて、夜、ガラスに張りついていたり、外灯にいる虫を狙(ねら)っていたりしますが、そういうのも平気です。

でも、最近の若い方は、虫が苦手(にがて)な方も多いですね。小さい虫を見ただけでも、「怖い」「気持ち悪い」と言って、すぐ逃げてしまいます。虫が嫌いだと、植物や家庭菜園を楽しむ余裕もなくなってしまいます。花が咲けば、いっぱい虫が飛んでくるのは当然のことです。

よく、お寿司を頼んだときなどに、割り箸がついてきますが、私はあの割り箸を全部とっておきます。そして、庭の野菜や植木についた虫を割り箸でとっています。

青虫をとるときは、「とろうかな、どうしよう」といつも迷ってしまいます。青虫をとらなければ、葉っぱが食べられてなくなってしまいますし、かといってとってしまえば、蝶（ちょう）がいなくなってしまいますから。

でも、青虫を残しておくと、今度は、青虫を狙って、鳥が飛んでくるようになります。

鳥は、私が庭に用意して出しておいたエサなんてものは、食べません。

花が咲いて、虫がついて、蝶や蛾（が）がいて、それを鳥が食べるというのは、すごく自然なことです。

虫は平気なのですが、やはり、自然のままにしていると、それはそれでつらいこともあります。

先日、シラサギが庭にやってきて、「ああ、うれしい」と思っていたら、うちの水がめで飼っていた金魚やメダカが、みんな食べられてしまっていたのです。

以前は庭に池もありました。前に住んでいた方が、ホタルを飼おうと思って、池をつくられたようですが、いつのまにか、ホタルの池が、ガマガエルの池になってしまい、産卵の時期がくると、池がおたまじゃくしで真っ黒になってしまうほどに。甥に、近所の善福寺川（ぜんぷくじがわ）（東京・杉並区）に流してもらったりもしましたが、それでも春先になると、ガマガエルが池でガーガーにぎやかに鳴くので、池を涸（か）らしてしまおうということになりました。

でも、池がなくなると、すっかり鳥がこなくなってしまって、それはそれで寂しく思っています。

池を涸らしても、まだガマガエルが庭で木の葉をかぶって越冬したりしていますが、数はめっきり減りました。

家の近所、善福寺川緑地周辺にも、かつては昔ながらの平屋が並び、とても素敵な散歩道だったのですが、いまは全部壊して、高層マンションに建て替わりました。ですから、せめてわが家の庭だけは、できるだけ自然を残しておきたいと思っています。

それほど広い庭というわけではありませんが、こうやって、花が咲いて実がなったり、虫がきたり、青虫が蝶になったりと、季節の移り変わりを、肌で見て感じ、それを楽しむ心の余裕があるのも、長生きにつながるのかもしれません。

コーヒーならコロンビアのストレート

昔は、あまりコーヒーが飲めなかったのですが、最近は好きで、飲むようになりました。

私は、コロンビアのストレートがいちばん好きで、家で飲むときは、コロンビアのコーヒー豆を挽（ひ）いて飲んでいます。

どうしてコロンビアが好きかというと、夫のいちばん下の弟が、ブラジルでコーヒー園をやっていたことがあるのです。

夫の父親は外交官をしていましたが、母親、つまり私の姑は別の男性と恋に落ちて、家を出ていってしまったのです。それで、舅（しゅうと）は外交官を辞（や）めて、ブラジルに渡ったそうです。

そのままブラジルに移住して、ブラジルで再婚し、向こうで亡くなって、お墓もブラジルにあります。

舅は、コーヒー園以外にも、いろいろとやっていたそうなのですが、あるとき、私が「コーヒーは軽いのが好き」と言うと、夫の弟に「じゃあコロンビアにしなさい」と言われたのです。

飲んでみたら、本当にマイルドで、その味が気に入り、それからコロンビアの豆を家に置くようになりました。


ブラジルのコーヒー豆は、酸味も苦味も強いものが多いのですが、コロンビアのほうは、すごく飲みやすいです。

私の家は、コーヒー好きが多いようで、戦争中でも北海道の叔父（おじ）は、コーヒー豆をすり鉢で挽いて飲んでいました。

コーヒーと一緒にお菓子をいただくことも多いです。甘いものを食べたり、おせんべいのようなしょっぱいものもいただきます。

最近、おいしいと思っているのは、揚げたトウモロコシです。宮古島のお塩がかかっている「揚げとうもろこし」、食べだすと夢中になって食べてしまいます。パッケージもかわいいので、気に入っています。

これも、うちに来る友人からいただいたお菓子です。友人は、お孫さんがいるので、こういったものをよく買うそうで、私も、こういうお菓子があるなんて、全然知りませんでした。

九九歳になっても、はじめて食べるお菓子があるのは楽しいものです。

スナック菓子も、あまりいただく機会もないですし、よく知らなかったのだけれど、案外、こういうものにも、おいしいものがあって時々びっくりします。

一時期「じゃがりこ」というお菓子に夢中になってしまって。あれは食べはじめると、つい一パック食べてしまいます。これも、友人のお孫さんが食べていて、私ももらってみたら、すごくおいしかったのです。

友人にその話をしたら、「私も、あれ一つ買って開けると、みんな食べちゃうの。それで反省しているの」なんて言っていました。みんな同じですね。

おいしいお菓子を見つけると、「これいいですよ」と誰かにすすめたくなるし、誰かと一緒に食べたくもなります。

おいしいコーヒーとお茶菓子があれば、家にいても、いくらでも友人たちと楽しい時間を過ごすことができます。

私が大事にしたいこと

このごろ「断捨離（だんしゃり）」という言葉が流行（はや）っていて、モノを持たないシンプルな暮らしをする人が増えているようですが、私はどうも苦手です。私のまわりでも、「終活」の一環として、家にあるものを整理する人が増えていますが、私はそういうこともしていません。

じつは、「断捨離」という言葉が出てくるずっと前、三〇代のころに、夫と二人で、シンプルな暮らしを実践したことがあるのです。理由は、身のまわりのものを最小限にすれば、家事の煩雑（はんざつ）さから解放されるのでは、と考えたからです。

どうせするなら、徹底的にやってみようと、カップは一人一つ、お皿も一人につき数枚にしました。

でも、コーヒー、紅茶、緑茶、そしてお味噌汁も、同じカップでいただくのは、とても合理的ではあるけれど、やはり味気ないものでした。それからふたたび、「ずっと大事に使っていきたい」と思えるような、生活に彩を与えてくれるような器を、少しずつ増やしていきました。

やはり、簡単に捨てるのではなく、「大事にしたい」という気持ちのほうが大切だと思うのです。

私は、「家事評論家」という肩書で文章を書く仕事を始めました。

そのきっかけというのが、終戦後すぐに、壁に絵を掛けるのに額縁がないので、ボール紙とガラスを利用して自分で額縁をつくって、自宅で絵を飾っていたことです。たまたま新聞社の友人が家に遊びにきて、「これはどうしたの?」と聞くので、「こうやってつくったの」と言うと、「それで記事を書いてよ」ということになり、家の中で工夫していることを、いろいろと新聞に書くようになりました。

そのうち、肩書が必要だと言われて、「主婦だけはいやよ」と言ったら、「どうしようか。それじゃあ、家事評論家というのはどう?」と。それで家事評論家になったのです。

終戦後は、何もなかったので、生活を自分でつくっていくしかなかった時代でした。それに比べて、いまの時代の人は、なんでも簡単に手に入ります。自分で工夫する必要がありません。１００円ショップなどで買った、そのときだけ間に合うようなものだったら、断捨離も簡単でしょう。すぐに捨てられます。

でも、自分で工夫してつくったり、苦労して買ったものであれば、なかなか捨てるわけにはいきません。断捨離ができるのは、モノがあり余る時代に生きたからなのでしょう。私などは、戦時中や戦後、何もなかったからモノが欲しかったし、お金で買えるなら、買っておきたいという気持ちがあるのです。

そういう時代を経て、生きてきた人間なので、豊かな時代に育った人とは感覚が違うのだと思います。

モノを捨てるには、労力が必要です。いまの私には、そんな体力もありません。私が大切と思うものは、人から見たらガラクタかもしれませんが、捨てたりはせず、取ってあります。

ですから、なかなか家の中が片づきませんが、先日、ご近所の家の取り壊し風景を見て、目から鱗が落ちました。ショベルカーがバリバリと家を壊し、すべてのゴミを運びだし、あっという間に更地にしてしまったのです。

それを見ていたら、「家の中を片づけなくても、私が死んだあとは、ゴミとして、壊してもらえばいい」そう思えるようになったのです。

「断捨離」に時間と労力を使わずに、好きなもの、大切なものに囲まれて、暮らしていきたいと思っています。

愛用品も変わってきた

いま、私の愛用品は、万年筆、便箋(びんせん)、封筒、拡大鏡などです。

万年筆は、昔から原稿を書くときに使っていたもの。最初に使っていたのは、モンブランでした。親友の夫でもあった高名な生化学者、江上不二夫(えがみふじお)先生の御形見としていただいたものと、自分がはじめてドイツに行ったときに買ったものを使っていました。

でも、長年使っているうちに壊れてしまって、その当時、新しく出たパイロットの万年筆が書きやすく、いまは太字と細字を一本ずつ愛用しています。

インクの色は、ずっとブルーブラック。ただ、病院にいる間なんかに、ちょっと原稿を書いたりするときは、普通のボールペンやシャープペンシルを使っています。

でも、やっぱり書くときの癖があるのか、書きやすいものと、そうでないものがあるので、普段使いにしているのは、自分がいちばん書きやすい万年筆です。気に入ると、ずっと使います。逆に、気に入らないものを無理して使うというのが、性（しょう）に合わないのです。

文字を読むときは、九〇歳くらいまでは、老眼鏡を使っていましたが、もう少しはっきり見たいと思うようになり、拡大鏡にしたら、予想以上によく見えるので、拡大鏡にしています。

日頃使っているのはドイツ製のもので、甥が買ってきてくれたものです。拡大鏡は新聞を読むときに使ったり、外出するときにも、ライトがつくものを持ち歩いています。一度使ってしまうと、もう手放せません。

愛用品だったものでも、最近、めっきり使わなくなってしまったものもあります。それは、重いフライパンやお鍋類。

仕事柄、いろんな調理道具を買うのが好きで、長年使ってきましたが、だんだんと重いものを使うのが億劫（おっくう）になってきました。

たとえば、銅の卵焼き器は、使ったあとに左手が痛くなったりするので処分してしまいました。

吟味（ぎんみ）して買ったり、気に入ったものでも、年齢とともに、愛用品というものは変わっていくものです。

「お礼は手紙で」が私流

私のいまの愛用品に、手紙に関するものが多いのは、お礼は手紙でしたほうがいいと思っているからです。

何かをいただいたときのお礼などは、電話でもいいのですが、電話というものは、こちらの都合のいい時間に相手を呼びだすもの。とはいえ、相手の都合のいい時間なんてわかりませんし、電話をしても先方がご不在だと、また時間を改めてかけ直すことになります。

留守電にメッセージを残すのもなんですし、いまは電話に着信が残りますから、相手から折り返し電話をいただいたりしたら、よけいに申しわけないことです。ですから、こちらからお礼をさしあげるときは、必ず手紙にしています。

かかってくる電話も、本当に困ることが多いです。

ご飯を食べているときにかかってきたりしますし、いちばん困るのはトイレに行っているときにかかってくる電話です。だったら、トイレに電話を置いたら？　とも言われるのですが、いつかかってくるのかもわからない電話に監視されているようで、トイレも落ち着いてできません。

その点、手紙は自分のいいときに書けるし、相手も都合のいいときに読めます。ですから、便箋と封筒は常備しています。

姪から手づくりの絵ハガキをもらうこともあります。

姪は、旦那さんと二人暮らし。時間をもてあましていたところ、絵を描いている旦那さんに、「絵でも描いてみたら？」とすすめられて、いろいろと描くようになったのです。

私からも絵手紙の本を姪に贈ったら、さらに本格的に描くようになって、最近は展覧会を開催するほどに。絵だけではなく、和紙のちぎり絵で制作したりしています。その絵ハガキを姪からもらって、お礼状に使っています。

よく、「お手紙を書くのはたいへんでしょう」とおっしゃる方がいますが、毎日の習慣になってしまうと、それほどたいへんなことではありません。贈りものをいただいたり、お手紙をいただいたら、「返事を出そう」とすぐに書いてしまえば簡単なのに、「お礼状を出さなくては」と、放っておいたり、溜めてしまうからたいへんなのです。

私の親戚に、ハガキを書くのに三日かかるという人がいます。「どうして？」と聞くと、「ハガキなんて、家にないから」と言うのです。

ハガキや便箋が家にないので、まず買いにいくところから始まるわけです。まずは、何かのついでに買いにいって、書こうと思っても、どうやって書きだしていいかわからない。それで一日目が終わります。

次の日、一日がかりで、やっと小さな手紙やハガキを書き、翌日、ハガキをポストに投函しにいくわけです。だから三日かかるわけです。

三日がかりと聞いて、「へぇー！」と驚きましたが、最近は、私も、なかなかひとりではポストまで行けなくなりました。前は、書いたらすぐ、散歩がてらにポストに投函しにいきましたが、このごろは図々しくなって、家に誰かが来てくれたとき、帰りに「悪いけど、投函して」と頼んでしまっています。

そういうチャンスがなかなかないときは、郵便を持ってきてくれた配達員さんに、「悪いけど、出して」とお願いしてしまいます。これも年寄りの生活の知恵です。

こんなふうに、毎日のように手紙を書いていますが、年賀状は六〇歳のときにやめました。印刷だけの年賀状は好きではないので、手書きにしていたのですが、年末の忙しいときに、何百枚も書くために夜遅くまで起きていたり、手が痛くなったりしていたので、年賀状書きをピタリとやめました。

そのかわりと言ってはなんですが、日々の手紙は、まめに出すようにしているのです。

第2章　感情的にならずに気分よく生きる方法

おだやかに過ごしたいから

若いころは、テレビや新聞でニュースを見て、イライラしたり、腹を立てたりしたことがよくありました。社会悪みたいなものに関しては、本当にもう、腹が立っていました。

それは、私よりも夫のほうが激しかったです。ちょっとしたことでも、すぐカッカしていました。

でも、そんな夫の姿を見ていると、逆に怒るのがバカらしくなってしまったのです。それに、腹を立てたところで、一銭の得にもなりません。怒った分、損するだけのような気がします。

ですから、それ以来、あまり感情的に怒ったりするようなことはありません。

もちろん、世の中を見ていて、腹が立つようなことも多いです。でも、だからといって、怒っても仕方ないという気持ちが先に立ちます。何が起こっているのか、細かい本当のところもわからないし、そういうことに対して、いちいちカッカしていてはダメ、と思うようになりました。

年をとってくると、シワも増えて、表情筋もあまり使わなくなるので、ただでさえ、暗い顔つきになってきます。そのうえ、イライラしたり、怒ったり、恨みや見栄といった思いが加われば、さらに人を寄せつけないような険しい顔つきになってしまいます。

何年も前に、テレビの紀行番組で、私と同じ年くらいの行商のおばあさんを見ました。戦後、家族を支えるために四〇年以上も苦労をしてきたはずなのに、それを感じさせない、さわやかな表情に、ついひきこまれてしまいました。

番組の最後に、おばあさんは「私は幸せだ。これ以上になったらこぼれる」と言っていたのですが、本当におだやかな表情でした。

感情は顔に刻（きざ）まれます。イライラや怒りの日々ではなく、おだやかに暮らし、やわらかい表情で毎日を過ごしていきたいと思います。

「夜が面会時間」だった夫につきあって

私は、結婚してからずっと一日二食の生活をしています。ですので、かれこれ七〇年近く、二食の生活が続いていることになります。

文芸評論の仕事をしていた夫は、昼食を食べると、食後に眠くなるし、夜のお酒がまずくなるからといって、昼食を食べませんでした。朝、九時とか一〇時くらいに朝食を食べたら、昼食を食べずに夕食という生活がずっと続きました。そのかわり、午後は小腹がすくと、私も夫も、おせんべいやクッキーなどのおやつをいただいたりしていました。

また、連れあいに先立たれ、途中から同居した姑（しゅうとめ）は、一日三食の生活だったので、姑のためには、昼食をつくっていました。昼食にカレーなど、匂いで食欲を刺激するようなものをつくると、夫も「カレーなら、俺も食べる」なんて言って、一緒に食べたりすることもありました。

お酒のために、昼食を食べなかったくらいの夫ですから、夜は、毎晩、晩酌です。しかも、誰かしらお客さんが来るので、いつも宴会になります。夫は「夜が面会時間だ」なんて言っていました。

私も、ビールくらいは飲めるし、うちの父も酒飲みだったので、札幌へ行ったりすると、父が「おい、（サッポロビールの）直営へ行こうか」なんて言って、一緒に飲みにいったりもしていました。

とはいえ、私はたくさんの量を飲みたいわけでもないし、あまり夫のように飲んでいると、だんだん何もできなくなるので、飲まないようにしていました。

でも、姑は、舅が外交官だったので、そういった人の集まりやお酒の席には慣れていて、みんなと楽しそうにおしゃべりをしていました。ご近所に住んでいる谷川俊太郎さんのお母さまが、徳利とお猪口を持って、「飲みましょう」とやってきたりすることもありました。

昔は、夫は日本酒を飲んでいましたが、お燗をつけるのがたいへんになってきたので、晩年はウイスキーに変わりましたが、お酒を飲みはじめると、夕食の時間が二時間にも三時間にも延びていきました。

編集者がいらっしゃると、どうしても打ち合わせも兼ねるので、それくらいになってしまいます。そしてなぜか夫は、編集者の相手をするのが一人ではいやというか、誰かもう一人相手が欲しいらしく、結局私も、晩酌につきあうはめになってしまっていました。

二～三時間くらいして、そろそろお客さんも帰られる時間かなと思うと、お客さんを外に連れだして、また飲みにいってしまいます。

お店が看板になると、今度は、飲みにいった先のママを連れて家に帰ってくるのです。そして、「チャーハンつくれ」と。

酒飲みは、最後に〆(しめ)のものを食べたいですからね。夫は、チャーハンが好きだったので、「チャーハンつくれ」と、みんなを連れて帰ってくる。もう午前様です。私も毎晩、二時ころに寝る生活でした。

あのころは、夫は、お店に行くと飲み代がかかるけど、「家で飲めばただだ」くらいに思っていたのでしょう。

それでも、酒代はけっこうかかりましたし、おつまみだって、あれをつくって、これをつくって……と。だから、節約レシピもずいぶん覚えました。

旬(しゅん)の安い野菜を使って煮物をつくったり、ほうれん草を炒めたり、卵料理をつくったり。若い編集者が来たときには、おにぎりをつくることもありました。

ごちそうをつくるというよりも、うちのその日の夕食の惣菜を分けて食べるという感じでした。それが、逆にお客さんには、居心地がよかったのかもしれません。

受け流す術を持っていますか？

「ご主人は、本当にいい人と結婚しましたね」と言われたことがあります。私も、本当にそう思います。

夫は、お坊っちゃん育ちで金銭感覚ゼロ。お金は使ういっぽうだから、私が仕事をして一生懸命お金を稼いで、家事も全部やって。さらに毎日、夫が自分のお客さんを連れてきて宴会をしても、いやな顔ひとつしないわけですから。

でも、なぜそういうことができたかというと、夫が怒るとうるさい人だったからです。そういう育ち方をしているので、がまんすることができない人でした。だから、なんでもすぐ怒るのです。

怒るのは、私に対してだけではありません。

あるとき、うちに来ていたお手伝いさんが、隣の家にいっておしゃべりをしていて、しばらく帰ってこなかったのです。

それで、私に向かって怒るのです。

私は、「私が怒られる理由がわからない」と言ったら、「相手がいなくて、怒れるか！」と怒鳴るのです。要は、お手伝いさんを怒りたかったけれど、お手伝いさんがいないから私に怒ったというわけです。


そういう人と一緒に暮らしていたからでしょう、次第に話は半分しか聞かないようになりました。だって、まともに話を聞いていたら、こちらがおかしくなってしまうでしょう。


夫の友人の女性作家が、よく家に遊びにいらしていたのですが、ある日、なにかで夫が怒りだして、彼女があっちへ行ったり、こっちへ行ったりすると、彼女のあとを追っかけて怒鳴っているのです。

それを見て、思わず笑いだしてしまいました。すると、夫も冷静になったのか、「ハハハ」なんて、笑われた自分に照れ笑い。ですので、わが家は夫婦ゲンカが深刻になるようなことはありませんでした。

何か言いたいことがあっても、言い合いが長く続くのがいやだったので、「はいはいはい」という感じ。

そうやって受け流す術（すべ）も大切です。

プチ家出したことも

怒りっぽくて、手のかかる夫だったので、何度も「離婚してやろう」と思ったことはあります。でも、こちらが「いつでも出ていきますよ」と言えば、困ってしまうのは夫ですから、笑っちゃいます。だって、本当に自分では何もできない人だったのです。

ケンカをしていると、横で見ている姑のほうがゲラゲラと笑いだすこともあって、「おばあちゃんの育て方が悪いから、あんなになっちゃうんですよ」と冗談っぽく言ったこともあります。

でも、私自身が仕事を持って、お金を稼いでいたというのは、すごくよかったと思っています。万が一離婚をしたとしても、いつでも自分ひとりで食べていけるくらいは稼げるという自信がありましたから。

だから、夫とケンカをしても、メソメソすることなく、生きてこられたのです。

昔の人は、離婚して家を出たら、どうやって食べていこうかと、まず、そこがいちばんたいへんですし、それを考えると離婚できないという女性が大半でした。でも、うちの場合は、反対に、私のほうが夫より働いていました。夫は嫉妬半分、「なんだ、そんなつまらない仕事」とか言っていましたけれど。

当時は、電話で仕事依頼がくるので、聞き耳を立てずとも、なんとなくお互いにどんな仕事をしているかわかります。

夫のところには電話がこないのに、私のところにばかり電話がくるので、子どもみたいに、むくれてしまうのです。

そんなときは、夫にいちいち関わっているとたいへんなので、すましてこちらも知らんぷり。あまりにも夫が絡んでくるようだと、プチ家出をしました。電車に乗って、横浜あたりまで行って、海を見て帰ってくるのです。

もう、何度もプチ家出をしました。

自分で好きなところを歩いたり、ひとりでコーヒーを飲んだりしていると、だんだんと気分もよくなってきます。

私はクヨクヨしたり、一つのことでずっと恨んだりはしないので、「おばあちゃんにシューマイを買って帰ろうかしら」と、夕方、スッキリした気分で家に帰ります。

「おつきあい」私のルール

いま、うちには姪や甥がよく来てくれて、いろいろと手伝ってくれていますが、私は、親戚でもつきあう必要がない人とは、もうつきあいません。

もちろん、いい人間関係は、とても大事ですが、そうじゃない人との関係は、ストレスしか生みません。ですから、人間関係も、スパッと切ったりします。いやな人とはつきあわないようにしているのです。

まわりの人を見ていると、頭がよくて、自分の意思がきちんとあって、ちゃんと暮らしているような女性でも、夫がいなくなって、時間ができたり、気が緩んだりすると、つい遊ぶことが楽しくなって、友人知人と出かけたり、飲みにいこうというおつきあいの機会が増えてきます。

学生時代の仲間や、子どもがいる人は子どもが小さかったときの子育て仲間とか。

六〇歳を越えると、あっちこっちから同窓会のようなお誘いもかかるようになります。

どうして、そういうところに行くかというと、結局、いまの人間関係や社会、家族の問題から逃れたいからなのです。

それに、夫がいると、「また出かけるのか」と言われて、夜、なかなか外出できなかったり、「夫の夕飯の支度をしなきゃ」と急いで帰らなくてはいけなかったり、なんだかんだがまんしたり、縛られていたものがあるのですが、夫がいなくなると、それがパッと剝がれてしまう。

そうすると、毎日毎日、お約束があって、昔の仲間と出歩くのが充実した生活のように思えてくるのです。


でも、やっぱり自分ひとりで、「これをやっていきたい」とか、「こういう時間を過ごしたい」とか、そういうものを持っていないと、まわりにどんどん流されていってしまうし、昔、あんなに仲がよかった人でも、二〇年、三〇年経つと、「あれ？　この人、こんな人だったかしら」と感じてきたり、昔ほど一緒に楽しく過ごせないこともあるのです。

ですから、最初の数回はいいかもしれませんが、それ以上つきあいたくないと思ったら、私は遠慮（えんりょ）するようにしています。

年賀状も六〇歳でやめましたし、盆暮れに贈答品を持っていったり、デパートでお中元やお歳暮を大量に発送するようなこともしていません。夫は会社勤めではなくて上司もいなかったので、形式的な贈りものをする習慣が、もともとなかったということもあるかもしれません。

そのかわり、毎日、手紙やハガキを書いたり、時々、自分が食べておいしいと思ったものを、友人やお世話になった方に送ったりしています。

それは、「お世話になっているから送らないと」という義務感ではなく、「あの人に食べてほしい」という、私の心から自然に生まれる気持ちによるものです。

「このあいだいただいたもの、とてもおいしかった」と言われると、すごくうれしいのです。自分が好きなものを「好き」と言われると、また、いろいろなものを送りたくなってしまいます。

そういうことに対する手間は、まったく面倒だとは思いません。それどころか、私には全国に「食べ友だち」と言えるような友人が何人もいて、各地のおいしいものやめずらしいものを見つけると、お互いに送りあっています。

送った相手から「ご近所におすそ分けして、とても喜んでいただいた」などと言ってもらえると、私の気持ちが通じたようで、とてもうれしく思います。

年を感じさせない声

九九歳になりましたが、「声が昔からあまり変わらないですね」と言われます。自分では、あまり自覚はないのですが、年をとってくると、しゃがれ声になったり、いわゆる「おばあちゃんの声」になったりする人が多いようです。

私の声も、それなりに年をとっているとは思いますが、これといって大きな病気をしたことがないので、声帯も元気で、声も若いころからあまり変わらないのかもしれません。

私の妹は歌手でしたし、家族ともども、声が元気なのは遺伝的なこともあるのかもしれません

先日、ある方から電話がかかってきたので、私が出たら、あまりにも元気な声だったので、びっくりされたようです。電話を切るときに、「今日はいい日だわ。元気な声が聞けて」と言われました。

ですから、「声」については、あまり健康法などは意識していなかったのですが、こうして思うと、よくしゃべり、よく笑い、毎日声を出しているのが、声の若さを保っている秘訣かもしれません。

うちは、毎日のようにお客さまがいらっしゃるし、人の出入りも多いので、毎日誰かしらとおしゃべりをしています。

私の知り合いの一人に、ちょっと疲れると、すぐ病人のようになってしまう人がいます。声も「はぁ～」なんて、沈んだ感じになってしまっていて、そうなると、人と話すのが、ますますいやになってしまうのだと思います。

ほかには、姿勢も大事だと思います。

背中を丸めて、姿勢が悪くなっていると、肺が圧迫されてしまい、息を深く吸いこむこともできないので、大きな声も出ません。いつも、ピンと背筋を伸ばしているから、声も通るのでしょう。

あとは、よく笑うこと。先日、うちに来ていたのは、若いときからつきあいがある人で、夫がかわいがっていた人でした。

彼女のことは、小さいときから知っていて、小田原(おだわら)からわざわざやって来てくれました。

彼女は膠原病(こうげんびょう)を患(わずら)っているにもかかわらず、「やっぱりここに来ずにはいられないの」と言って、二人で楽しくおしゃべりをして過ごしました。

よく「笑うと病気が治(なお)る」と言いますものね。口を開けて、本当に年中、よく笑っています。

病院にいたときも、病院の食事があまりおいしくなかったので、姪が、いろいろと差し入れを持ってきてくれたのですが、病院では、そういうのは一切禁止でした。先生に見つかってしまうと、具合が悪いんですね。

でも、病院の近所のおいしい和菓子屋さんのお団子を、姪と一緒に食べていると、ちょうど先生が病室に入ってきてしまい、姪が「先生も、召しあがる？　どうぞお掛けになりませんか」なんてすすめるものですから、先生もニヤニヤ。若い先生でしたけど、結局、一緒になってお団子を食べました。

もちろん、内臓の病気や、食事制限の厳しい方なら別でしょう。でも、私はそのとき、貧血の改善のための輸血で入院している状態だったので、先生も大目に見てくれたのかもしれません。

おいしいものを食べて、よく笑うのが、病気を吹き飛ばす、いちばんの健康法なのではないでしょうか。

退屈しない生き方

私のところには、若い編集者もいらっしゃいますが、若い方というのは、見ていて、とてもおもしろいですね。時々、トンチンカンなことを言ったりしますが、それもまたおもしろいし、若い方は、まず話し方や言葉づかいが独特だったりして、こちらがいろいろなことを覚えられます。

若い人が、何かを言ったり、ちょっと変わった行動をしたときも、「これだから若い人は」と目くじらを立てたりするのではなく、「へぇ、そうなのね」とおもしろがって見ていると、毎日、退屈しません。

九七歳で、はじめて入院したときも、「入院なんていやだな」という気持ちで過ごすのではなく、「病院って、こういうところなのね」「病院の食事は、こういうものが出るのね」「看護師さんは、こういう仕事をするのね」と、好奇心を持つと、憂鬱で退屈な入院生活も、楽しいものになります。

なんでもないことでも、興味を持ってみれば、どんなことでも楽しくなります。

小さな家庭菜園の野菜の生長を見たりするのも楽しいですし、落ち葉を集めて家に飾ったり。夕日が沈んでいくのを見るのも、とても心にしみる時間だと思っています。

食事をするときも、お気に入りのランチョンマットを使ったり、箸置きを毎回替えてみたり。「今日は、どれにしようかな?」と考えるだけでも楽しいものです。

あるとき、本をめくっていたら、「炊き上げて　うすき緑や　嫁菜飯（杉田久女）」という句が出てきたので、むしょうに菜飯が食べたくなって、さっそく家にあった聖護院大根の葉をさっと塩茹でして、みじん切りに。茎も刻んで塩漬けにして、温かいご飯に混ぜて食べました。

こういうふうに、身のまわりのものに興味を持って接していると、毎日が退屈だなんて言っている暇はありません。

「お金がないから、何も買えなくてつまらない。どこにも行けなくて退屈だ」と言っている人は、ちょっと見方を変えてみればいいと思います。

日常の中にも、ささやかな贅沢（ぜいたく）や楽しいことは、いくらでも潜（ひそ）んでいます。

第3章　病気や病院とどうつきあっていくか

多少の不調は当たり前と割り切って

申しあげているように、私がはじめて入院したのは、九七歳のときです。それまでは、大病を患(わずら)ったりしたことはありませんでした。病気らしい病気といえば、帯状疱疹(たいじょうほうしん)(ヘルペス)くらいで、人間ドックを受けたこともありませんでした。

六三歳で姑(しゅうとめ)を、その三年後に夫を見送ってから、ずっとひとり暮らし。朝はだいたい八時半ころに起きます。家事をしてから、原稿を書いたり、打ち合わせをしたり、ときどき講演に行ったり、という生活を送ってきました。

家事や仕事に追われて、いつも時間がないという日々で、毎日が忙しすぎて、病気になる暇がありませんでした。

七〇歳、八〇歳、九〇歳になっても、その生活は一緒。もちろん年齢を重ねるたびに、若い人とまったく同じというわけにはいかなくなり、重いものを持ちあげるのがたいへんになったとか、瓶（びん）のフタを開けるのに力が入らなくなったというようなことはあります。

以前と同じように動けないな、と思うことは次第に増えてきてはいましたが、歩けないわけではないし、どこか痛いわけでもありません。

スケジュールも、年齢とともに、遠くへ、日帰りで講演に行くというような組み方はしなくなりましたが、それでも、からだは丈夫だったので、病気を知らないまま九六歳まできたのです。

白内障の手術も八五歳のときにしましたが、九〇歳くらいまでは、老眼鏡をかければ新聞を読むことができました。いまでは、もっとはっきり見たいので、拡大鏡を使っていますが、年齢を考えれば、十分の視力だと思っています。

それに、なぜか年をとってくると、自分で焦点を合わせる力がついてくるのかわかりませんが、眼鏡がなくても、だんだん読めるようになってきたのです。

ただ、ふり返ってみれば、八〇代になってからは、それまでは一晩寝ればとれていた疲れも、なかなかとれないようになってきました。

姑が八〇代になったころ、姑と京都などに旅行に行ったとき、夜になると、姑が「私、夕食はいらないわ」と言って、ホテルで寝てしまっていたのですが、自分が八〇代になって、疲れやすくなるというのは、こういうことなんだなと感じるようになりました。


七〇代のときに、血圧が高いと言われ、二〇年くらい血圧を下げる薬を飲んでいました。九〇歳をすぎて、あるとき心臓の調子がちょっと悪いかなと思って病院に行って、たまたま血圧降下剤を飲んでいないときに血圧を測ったら、「九〇代なら、これくらい血圧が高くても、当たり前のはずですよ」と言われ、それから血圧の薬を飲むのもやめてしまいました。

一応、いまは毎日自分で血圧を測っていますが、不思議なことに、いまでは上は一一〇から一三〇くらいに落ち着いていています。それでとくに問題もありません。血圧は、ちょっとしたことで高くなったりしますから、病院で検査したその七〇代のときが、たまたま高かったのかもしれません。

こんなふうに、「丈夫」とはいえ、さすがに九〇歳をすぎていますから、一〇代、二〇代と同じような健康体でいられるわけではありません。そして、体力が衰えるというのは、昨日までできていたことが、ある日突然できなくなるのではなく、少しずつ視力が衰えたり、足腰が弱くなっていったりすることなのだということも実感しています。

自分でもだましだまし、なんとかやっているので、多少の不調も、「年なんだから当たり前」と割り切っています。

若い方から見れば、いまの私の状態は、不調に思えるかもしれませんが、私にとっては、年齢のことを考えたら、いままでも健康すぎるくらい健康に過ごしてきましたし、いまの状態で十分なのです。

九七歳で初体験した入院生活

自分では健康体だと思って暮らしてきましたが、九六歳になってから、家事をしていても、心臓がドキドキしたり、息切れをすることが多くなりました。

歩くときに、足がふらつくこともあり、「年のせいでしょう」と呑気に思っていたのですが、さすがに半年くらい、同じような症状が続くと心配になってきたので、月一回、往診に来ていただいているホームドクターに相談してみたのです。

そうしたら「一度、くわしい検査をしてみては」とすすめられて、総合病院に紹介状を書いていただき、検査を受けたのです。

すると、片方の肺に水が溜まっていることがわかり、貧血もひどかったので、二週間、検査入院をすることになりました。

九七歳にしてはじめて体験した病院生活というのは、悪くはないのですが、「自由がない」というのを、つくづく感じました。

入院したとはいえ、いわゆる寝たきりの重病人というわけではありませんから、よけいにそう感じたのかもしれませんが、まず食事の自由がないのです。

入院したとき、ちょうど固ゆでの枝豆を食べて歯が欠けていたときだったので、「刻み食にしますか？」と聞かれ、どんな食事だろうと興味を持って頼んだのですが、運ばれてきた食事は、どれも小さく刻みすぎていて、味もわかりません。

いまさらながら、コリコリ、ポリポリ、サクサクといった食感が、料理の味を大きく左右するということを再確認しました。

二日ほど刻み食にしましたが、三日目には普通食に戻してもらいました。でも、普通食で出てくるパンもパサパサで塩気もないし、バターもなく、味気ないものでした。まるで小鳥のエサのようなのです。

それまで自宅では、もちろん好きなものを食べていました。だいたい一〇時ころに遅い朝食をとり、夕食は六時半。一日二食の生活を七〇年近く続けています。ですが、病院では一日三食の朝昼晩です。しかも病院食は、どれも同じような味つけで、さすがに飽きてしまいました。

病院の近所に昔からあるおいしい和菓子屋さんで、姪（めい）が買ってきてくれたお団子を一緒に食べていたら、先生が入ってきて大目に見てもらったという話は前に書きました。

もう、ここまで生きてきたのですから、いまさら「食べてはいけません」と言われたって、食べるつもりでしたけれど、あまり勝手なことをしていると、看護師さんに、「せっかく、病院側も食事を考えて頑張っているのに」と、いやな顔をされてしまうのです。患者でいるのも結構たいへんです。

自由がないのは、トイレもそう。夜、トイレへ行くのに、いちいちナースステーションに知らせないといけないのです。

間に合わないときは、自分で行ってしまうと、あとから看護師さんに叱（しか）られるわけです。

安全面の問題もあるでしょうが、「私はひとりで歩けます」と言っているのに、こういう病院の決まりには不自由さを感じます。

結局、二週間の検査入院でしたが、一〇日ほど経ち、「あとは何をするのですか?」と聞いたら、「検査の結果待ちです」という答え。「だったら、家に帰ってもいいですか?」と、退院して帰ってきてしまいました。

はじめてだらけの入院生活、新鮮でおもしろいことも多かったのですが、やはり、家がいちばん落ち着きます。

自分の自然治癒力を実感したとき

最初の入院後も輸血が必要になると入院していました。日帰りでも輸血はできるのですが、家では私ひとりなので、送り迎えのことや、誰かに家のことを頼むのもたいへんなので、入院することにしたのです。

最初に入院をしたときは、肺に水が溜まっていたのがわかり、それを治療したわけですが、それ以外にも体内のどこかから内出血をしているために、貧血になってしまっていたようです。

でも、それがどんなトラブルで、そのためにどうして血液が少なくなってしまうのか、まだ、はっきりとは理由がわかっていません。先生もおそらく「老人病の一種でしょう」と言っておられますが、世の中には原因がわからない病気というのは、まだまだたくさんあるようです。

血液が足りなくなると、心臓のほうの動きも苦しくなってくるので、結局、定期的に輸血をすることにしたのです。だから、入院といっても、病気で入院というよりも、栄養補給のような感じかもしれません。

三時間で一袋の輸血を三日間続けるのですが、輸血をしたあとは、からだが元気になるのがわかります。やはり血液はからだ全体の栄養なのでしょう。

輸血は、ベッドに横たわって、じっとおとなしく寝ているだけ。輸血をすると、まず息切れがしなくなります。やはり、血液が少なくなると心臓への負担が大きいようです。

血液が少ないと、ポンプの役目をする心臓が、一生懸命、血液を押して血を巡らせようとするから、息切れを起こすのですが、病気になるまで、そんなことも知りませんでした。

ところが、こういった生活を何回か続けているうちに、いつの間にかからだの内部のトラブルが治(なお)ってきたのです。

一〇〇歳近くになっても、自然治癒力というのは、あるのですね。

もしかしたら、人よりも、自然治癒力が強いから、こうして長生きできているのかもしれません。

自分にしか自分のからだはわからない

貧血で、どうやら血液が足りないらしいと、入院して輸血をしていたとき、先生に、「輸血をずっとくり返すのですか？」と聞きました。

すると、「まあ、それはそうですね」という返事で、それ以上、先のことは先生にもわからないとのこと。


医学が日々進歩しているとはいえ、まだまだわからないことも多いし、ましてや、一〇〇歳近く生きている患者もそうそういません。もしかしたら先生にとっても、私のような患者は人生はじめての経験かもしれません。

病院に行っても、九〇歳以上の方はいますが、寝たきりだったり、総入れ歯や、補聴器を使っていたりする人がほとんどで、私のように、「自分でなんでもやります、やりたいです」という人はめずらしいでしょう。

血圧や血糖値などなど病院ではさまざまな検査をしますが、その数値が、一〇〇歳の人間にとって正常か異常かなんて、お医者さんにとっても判断できないこともあるでしょう。

若い先生にとって、一〇〇歳の患者は未知の世界。では、誰が一〇〇歳のからだについて知っているのか？　といえば、答えは「自分」しかありません。

「調子が悪い、いつもとは違う」「この薬を飲んだら、目がチカチカするようになった」……数値ではわからないことも、自分ならわかるはずです。

曲者だった利尿剤

心臓の負担を軽くするために、利尿剤を処方されたことがあります。でも、この利尿剤が曲者（くせもの）なのです。

入院しているときは、利尿剤で何度もトイレに行きたくなります。私は、自分で歩けるので、トイレに行きたいと思ったら、ひとりで行ってしまいます。そうすると、看護師さんに「トイレのときは、必ずナースコールで看護師を呼んでください」と言われます。

どうやら、どこかで私がよろけたのを見て、夜中、ひとりでトイレに行かれ、つまずいて骨折でもされたらたいへん、と心配してくださったようなのです。

しかも病室からトイレまで、ほんのちょっとの距離しかないのに、「車椅子に座って行ってください」と言うのです。

ほんのちょっとの距離だし、すぐにでもトイレに行きたいのに、車椅子に乗ったり降りたりして移動しているうちに、間に合わないということだってあります。

そもそも、一日のうち、頻繁にトイレに行くことも、負担です。

「いかにエネルギーを使うか、患者の立場も考えてください」と、先生に言いました。するとと、「尿バッグを付けて、トイレに行かなくてすむようにしよう」ということになります。

先生にとっては、その処置は普通なのでしょうが、私は、それを付けてしまったら、本当に病人になっちゃうような気がして、お断りしました。


利尿剤については、もう一つ、困ったことがありました。

退院する日の朝、看護師さんが薬を持ってきて、「飲んでください」と言われました。飲むと、またすぐにトイレに行きたくなるわけです。

でも、退院前は、会計や何かで時間がかかったりして、家にはすぐに帰れません。ですから、「外でトイレに行くのがいやだから、この薬は家に帰ったら飲むわね」と言いました。

すると、看護師さんが「いいえ、いま飲んでください」と強く言うので、「では、ナースステーションに行って聞いてきて」と言うと、「じゃあ、もう、いいです」と。結局、薬は、自宅に戻ってから飲めばいいことになりました。

お医者さんや看護師さんの言うことで気になること、不安に思うことなどがあれば、遠慮せずに相談してみましょう。そして、どうすれば自分らしく生活できるかを考えることが大切だと思っています。

高齢者の側から思う「医学ってなんだろう?」

はじめての入院経験を機に、「医学ってなんだろう?」と思うことがあります。患者の立場からすると、最近のお医者さんの多くは、検査結果のデータしか見ていないような気がします。機械が示す結果を見ているだけで、人間そのものを診(み)ていないのです。

昔のお医者さんは、もっと人を診ていたような気がします。それは、いまみたいに検査機械が普及していなかったこともあるかもしれませんが、患者がどういう表情をしていて、どんな顔色で、今日は元気そうだとか、具合が悪そうだとか、ちゃんと自分の目で診ていました。

また、体温が低いだとか、皮膚がカサカサしている、熱を持っているなど、そういうことも、数字ではなく、じかに触って診ていました。

血圧なんていうものは、ちょっとしたことでパッと上がったりするわけですから、そのときの数値だけで判断して薬を出しても、それがはたして「医療」と言えるのかと思います。

極端な話、患者さんとは一切目を合わせないまま診断するお医者さんもいます。人間には、数値やレントゲン写真だけでは捉えることのできない、「微妙さ」というものもあるのではないでしょうか。

私が小さいころ、お医者さんは、まずおでこに手を当てて「熱がちょっとあるね」というところから診察は始まりました。

ところが、いまは、「どうなっていますか。ちゃんと毎日食べていますか」と、患者の顔色より先にパソコンの画面を見るわけです。

データだけ見るのではなく、ちゃんと問診や触診をして、ひとりひとりのからだの変化を読みとってほしいのです。

看護師さんも同じです。とても一生懸命に看護してくださいますが、どうも患者さんの状態よりもマニュアル重視のような気がします。

「この薬を何時と何時に飲む」と処方されたら、例外を認めない。だから、退院する日の朝、利尿剤を飲むようにすすめて、こちらの事情は考慮してくれないのです。

看護師さんひとりひとりが、悪い人だと言っているわけではありません。ただマニュアルが正解なのではなく、患者ひとりひとりにとって正解、不正解は違うのではないでしょうか。

近年は、高齢化社会が進み、病床も不足していて、看護師さんも不足しているのだと思います。マニュアル対応するのが精いっぱいの環境なのかもしれません。

だとしたら、このことは世の中にも問題があると思います。

看護や介護、老人給食などに対する行政は、ものすごく冷たいです。老人給食やこども食堂なんて、何も補助がありません。こういったことは、本来、行政が率先してやることだと思います。

看護や介護、老人給食に携(たずさ)わる職業は、なぜか軽視されているような印象がありま す。

そういうところにお金をかけないという政府のあり方が、医療の現場から人間らしい対応を奪い取っているのではないでしょうか。

第4章　ひとり暮らしで気をつけていること

なんといっても日々の食生活

九九歳まで生きてきて、長生きというのは、やはり食生活が大事だとつくづく感じています。私は、決してごちそうばかり食べているわけではありませんが、いろんなものをバランスよく食べるようには気をつけています。

そして、「食費だけはケチらない」というのも、昔から決めていることです。夫も私もサラリーマンではなかったので、収入は不安定で、今月は二人で一〇〇万円の収入だけれど、翌月は一〇万円ということもありましたし、いつ収入がゼロになるかわからない生活でした。

洋服は一着買ったら何十年も着ますし、アクセサリーや化粧品にも興味がありません。食器や家具なども、気に入ったものを長年使い、つつましく生活していますが、「食費」だけは別です。「おいしい」と思ったものは、出し惜しみせず、全国から取り寄せています。

この食いしん坊は、どうやら生まれつきのようで、祖母に「あなたは、小さいころから、どんなものでも食べたがった。口に入れるものなら、なんでもいいのね」と言われたこともあります。

戦時中の食べものがない時代も、「どうして痩せないのだろう」と、お友だちが不思議がっていたし、料理学校の先生が「小太りぐらいのほうが健康にいい」と言ったのを信じて、無理なダイエットをすることなく、食事制限もほとんどしたことがありません。

この年まで大きな病気をしてこなかったのも、日々の食生活が大きいはずだと思っています。入院中も、姪に、あれやこれやいろんなものを買ってきてもらって食べていたので、元気になったのではないでしょうか。

もともと野菜やくだものが好きですし、自分の庭で育てた新鮮な野菜やハーブを、毎日の食卓に取り入れて、旬のものを食べるように心がけています。なんといっても、旬のものがいちばんおいしいですね。

野菜は、肉や魚の三倍は食べるようにしています。生だと、あまり量を食べられないので、さっと茹(ゆ)でたり、炒(いた)めたり。そのおかげもあって、血液がサラサラなのかもしれません。

健康食品やサプリメントは、ほとんど利用しません。そういったものよりも、自然の食べものから栄養をとれば十分だと思っているからです。

とはいえ、前にも書きましたが、固茹(かたゆ)での枝豆を食べていて、歯が欠けてしまったときは、生野菜が食べられなくなりました。

そういうときは、知り合いの方がくださった粉末の青汁を飲んだりもします。私は牛乳で溶いて飲んでいましたが、飲みやすいし、野菜が食べられないときは、そういったもので補えれば安心です。

歯が折れて、食べたくても食べられないということを経験し、やっぱり生きることというのは、食べることなんだなと、つくづく感じました。

最近は、すっぽんのスープをもらったので、それで姪がおじやをつくってくれたら、すごくおいしいので、しばらく続けて朝食に食べています。おじやに、庭でとれた野菜を入れると、ますますおいしくなります。

先日、「食べてばっかりいてどうしようかね」なんて冗談半分で姪に言ったら、「食べられるってことはいいことよ」と言われ、改めてなるほどと思いました。

食べたいものを、食べたいときに、好きなだけ食べられる。それがいちばん幸せなことで、いまの健康的な生活を保っていられるのだと思っています。

乳製品のおかげ

野菜以外にも、よく食べているものといえば乳製品です。

昔、栄養学校で、「カルシウムの吸収を高めるには乳製品がいちばん」と教わったことがあるので、牛乳やチーズ、バターといった乳製品は、大好きだったこともあり、積極的に食べるようにしています。

ひとりでご飯を食べていると、「栄養が偏(かたよ)っているかな」と思うことがありますが、そういうときは、チーズを追加して食べたりしています。とくに「さけるチーズ」はお気に入りで、おやつに二本食べてしまうこともあります。

朝食には、牛乳でご飯を煮込んだ牛乳粥(ぎゅうにゅうがゆ)を食べたり、ニンジンを茹でて牛乳と一緒にミキサーにかけてポタージュにして飲んだりもします。

トマトやジャガイモ、キャベツなどの野菜を刻んで、ミネストローネのように煮込み、最後にチーズを足したりもします。ヨーグルトも、よくいただきます。

数年前、家の中で転んで、生まれてはじめて、鎖骨（さこつ）にヒビが入るという経験をしました。何十年も住み慣れた家だからと思って、夜中に電気もつけずに歩いていたら、部屋の真ん中に旅行鞄を置いていたのをすっかり忘れていて、大胆につまずいてしまったのです。

そのとき、病院で骨密度を測ってもらうと、七〇代のレベルだと言われました。これまで、骨折をしたことは一度もないですし、あんなに大きく転んでしまっても、鎖骨のヒビだけですんだのは、毎日食べている乳製品のおかげだと思っています。

年をとると、女性の八割は骨粗鬆症（こつそしょうしょう）になるともいわれています。乳製品や小魚など、バランスよく、毎日の食事に取り入れていくといいのではないでしょうか。

「ステッキ」を手に転ばない生活

いま平均寿命がどんどん延びて、人生一〇〇歳時代と言われていますが、実際に一〇〇歳で元気でピンピンしているという人は、あまりいないかもしれません。

病院に行ってもそうですが、ほとんどの人が歩けなかったり、寝たきりだったりします。

姑（しゅうとめ）も長生きでしたが、九三歳くらいから認知症になり、話も通じなくなってきて、正直介護はたいへんでした。

からだが弱るのは足腰からです。入院して、数日ベッドで生活しただけでも、筋力はあっというまに落ちて、足が動かなくなってしまいます。できるだけ自分の足で歩き、元気なまま一〇〇歳を迎えたいと思っています。

そこでいま、活躍しているのが、「ステッキ」です。

私は、年配の方によくあるような、なにもないところで転んでしまう、ということはありませんでした。普通に歩いている分には転ばないので、きっと、足をちゃんと上げて歩けているのだと思います。

でも、先ほど述べたように、一度、夜中に旅行鞄につまずいて転んでからは、ステッキを持って歩くようにしました。

すると、いろんな方がステッキをプレゼントしてくれるようになって、いまでは家の中に五～六本あります。

それを、あちこちに置いて、ちょっと移動するときもステッキを利用しています。トイレにもステッキを立てかけてあります。

ライトがつくステッキは、夜、トイレに行くときにも便利です。このステッキは、脚が四本に分かれているので、安定感もあって、とても重宝（ちょうほう）しています。

ゴミ出しに行くときも、片手にゴミ、片手にステッキを持って出ます。

このように、ステッキを何本も用意して、家の中ではステッキを使って、伝い歩きができるようにしています。だから、転ばないのかもしれません。

友人の娘さんは、まだ五〇歳ですが、じゅうたんと床の間にスリッパを挟んで転んでしまったら、もう動けなくなってしまったそうです。
転んだことがきっかけで入院して、ベッドで横になった生活をしていたら、たちまち足腰が衰えてしまいます。

先日、雑誌の対談で、谷川俊太郎さんとお話ししたのですが、谷川さんも「僕もこのごろ、足が弱い」っておっしゃったので、「だから私、ステッキを、あちこちに置いてあるのよ」と言ったら、「ああ、杖か」なんて言うんです。
杖というと、年寄りじみているけど、「ステッキ」というと、ハイカラでしょう。イギリスでは、ステッキは若い人も持っています。紳士のたしなみですから。

元気に年を重ねていくには、とにかく、転ばないということが大切です。また、私は「食費」と同様、最近は、「交通費」もケチらないことにしています。なるべく歩くようにはしていますが、無理はしません。外に出かけるときは、タクシーを利用しています。

うちに来てくださるホームドクターも、「転ぶのがいちばんの問題」と言っています。

ステッキで、転ばない生活を心がけたいものです。

ご近所に心配をかけないための心がけ

ひとり暮らしをするようになって、夫のために、朝早く起きて朝食をつくる必要もなくなったので、朝はゆっくり寝坊をしています。だいたい起きるのが八時半くらいです。

年をとってくると、どんどん起床時間が早くなって、四時、五時に起きる人も多いので、私のように、八時すぎに起きるというのは、めずらしいほうかもしれません。ときどき九時ころまで布団の中でウトウトしていることもあります。

昔、七〇歳くらいまでは、一二時をすぎるまで起きていましたが、さすがに最近は、夜更かしをせずに日付が変わる前には寝るようになったので、たっぷり好きなだけ寝ています。

きっと、それが健康にもいいのでしょう。

朝起きて、最初にするのは、雨戸を開けることです。

これは、朝日を浴びて、一日の始まりを感じるのと、ご近所への「メッセージ」でもあります。

高齢者のひとり暮らしなので、なにかとみなさん、気にかけてくださっているようで、家の雨戸を毎朝開けることは、「今日も元気ですよ」という私からのお知らせの意味もあるのです。

雨戸を開けたら、新聞を取りに門のところまで行って、門も開けるようにしています。

以前、ご近所に住んでいる方が、「早起きをして走る会」というような会でこの辺を走っていて、うちの前を通ったときに、雨戸が閉まったままなので心配になったということがありました。

鍵を預けているほど親しい人だったので、わざわざ家の中まで「大丈夫？」と入ってきてくれ、気がついたときには、なんと枕元まで来てくれていました。

こうやって、ご近所のみなさんが気にかけてくださるのは、とてもありがたいことです。

ひとり暮らしを続けられるのも、ご近所の方の協力があってこそだと感謝しています。

火の始末には消火弾がおすすめ

ひとり暮らしをするうえで、私がいちばん気をつかっているのは、「火事を出さないこと」です。ときどき新聞で、高齢者のひとり暮らしや、高齢者夫婦のおうちが火事になって全焼したというニュースを見かけます。

うちが燃えるだけでも困りますが、隣近所まで火がうつってしまったらたいへんです。最悪、命を奪ってしまったら、取り返しがつきません。

若い人であれば、すぐに消せるようなボヤでも、高齢者は足腰が弱く、すぐに消火ができないので、火災の被害が広がってしまうのです。ですから、火の始末には、細心の注意を払っています。

私は九〇歳をすぎたあたりから、自分で揚げものをすることをやめました。それは、もし揚げものをしているときに地震でもきたらと思うと、不安で調理をする気分になれなくなったからです。そのかわり、外食で揚げたての天ぷらやトンカツ、コロッケなどを楽しむようになりました。

ほかにも、いろいろ注意しています。お風呂に入るときは、ガスを止めてから入ること。電気ポットは、コンセントにさしたまま外出してしまい、ずっと気になったことがあったので、魔法瓶に替えました。

消火器のかわりに「消火弾」（小型の密閉容器に消火液を詰めた手投げ式の消火器）を家に置いてあります。以前はガラス製でしたが、いまはプラスチック製の消火弾があって、これは軽くて扱いやすいです。

いざというときは、火元にたたきつけて使うのですが、キャップを取らず、そのまま火元に強く投げれば、消火ができるという仕組みになっています。

これを家に二個常備しています。ひとつは台所、ひとつは居間に置いてあります。「人体に有害な物質は含まれておりません」「機器が破損しない限り、消火能力は無期限」と書いてあるので、買い替える必要もありません。消火器は使用期限がありますが、これは無期限というのがいいですね。

とにかく、台所など、心配なところに置いておけば、何かあったらぶつければいいのです。消火器だと、使うのに多少の訓練や操作を覚える必要がありますし、なにしろ重さがあるので、ひょいと持ちあげて、すぐに使うということができません。でも、これなら私にも簡単に使えます。

他にも、台所のガスレンジの上には、天井部分の空気が九〇度以上になると、自動的に消火液が出る装置をつけています。三年くらい前に、友人が、ボヤを出したことがあり、私も怖くなって、取りつけたのです。

昔から、消火用の商品は、ずいぶん買ってきました。チューリップの花束のような形をしていて、揚げものなどをしているとき、過熱で火が出たら、それを入れればすぐ消えるというものを買ってみたりしたこともあります。

どんなに年をとっても、火の始末は、自分の責任。「万が一」に備えて、よけいな心配を少しでも減らしていきたいと思っています。

外出できないから「社会のほうに来てもらう」

夫が六〇歳になったとき、年をとると友人もどんどん減っていくだろうから、人が集まって、一緒に学ぶ場所をつくろうと、「むれの会」というものを月に一回始めました。

当時は、いろんな分野の研究者を招いて、専門の話を聞いて、その後、飲み食いをしようという会でしたが、そのうち、先生が奥さまを連れてきたり、その奥さまがお友だちを連れてきたり、生徒も知人を連れてくるなどして、どんどん輪が広がっていきました。

夫や先生方が亡くなったあとも、当時の若い生徒さんだった方が、自分が研究したことを発表しあって、その後食事をする、という会は最近まで続いていました。

年をとると、「うちに一人でいないほうがいい」「出かけたほうがいい」と言っている人がよくいます。たしかに七〇代、八〇代前半ぐらいまでは、それでもいいかもしれません。

仲のいい友だちとランチを食べにいったり、展覧会やお芝居を観にいったり、講演を聴きにいったり、あちこちに出かけていったりするのも楽しいものです。

でも、足腰が弱ってくると、そうそう簡単には外出することができなくなります。人と会う機会もめっきり減って、家の中で誰とも話さないで過ごしたり、せいぜい電話でおしゃべりをするくらいの生活をしていると、急に寂しくなってしまうこともあります。だったら、家に来てもらったほうが、いいんじゃないかなと思うのです。

私の知り合いは、母と娘で二人暮らしをしていました。「家には、なるべく人を入れるのはやめよう」という生活をしていたら、年をとって話し相手もいなくなり、お母さんのほうがボケてしまったそうです。だから、私は「社会のほうに来てもらわなくちゃだめよ」と言ったのです。

私の家には、毎日のように誰かしらが訪ねてきてくれます。先日も、お友だちが近くまで来たからと電話をくれ、家に寄ってくれました。

しかし、急な来客をいやがる人がいたり、家の中に人を入れるのがいやという人も多いようです。ごくごく限られた人しか招かないという人もいます。

たしかに、人を呼ぶのは、わずらわしい一面もあります。自分ひとりであれば、多少ちらかっていたり、ホコリがあっても気にしませんが、人が来る前には、いつもよりも念入りに掃除をしたり、見られたくないものもあるでしょう。

でも、私は全然平気なのです。なぜなら、自分から出ていけないのだから、まわりの人に来てもらうしかありません。

もともと、私は人が集まるのが好きだったというのもあるかもしれませんが、人を呼ぶのが苦手(にがて)な人は、「お客さまをお呼びするなら、ちゃんとおもてなしをしないといけない」と思ってしまうから、ますます苦手になってしまうのです。

そうやって、気をつかっていると、逆に来るほうも気をつかってしまい、「気をつかわせてしまったから、今度は招待されても遠慮しよう」ということになってしまうのです。

ですから、私はいつも普段着で、「どうぞ」と、気楽にお迎えするようにしています。幸い、うちには、全国の友人から、いろんな食べものやお茶菓子を送ってきていただいているので、それらをお茶受けにして、おしゃべりを楽しんでいます。

高齢者は、とくに殻にこもりがちなので、こうやって人と接する機会を持つことは、社会への窓口にもなります。

多少わずらわしいことがあっても、刺激を受けたり、癒（いや）されたり、冗談を言って笑ったり、できるだけ気軽な人づきあいを大切にしていきたいですね。

第5章　１００歳を目前に思うこと

七〇代の試練

もうすぐ一〇〇歳を迎えますが、ふり返ってみると、いままで思いのほかたいへんと感じた時期は、七〇代だったかもしれません。もちろん、戦争を経験しているので、戦中、戦後もつらい経験がいろいろありましたが、そういったこととは別の意味で、七〇代がいちばんしんどい時代だったと思います。

七〇代になると、急に自分の老いを自覚するようになってくるからです。

六〇代のころは、重い荷物を持つのも平気でした。はしごに上って、雨どいに溜まったゴミをとったり、裸足になってベランダを洗うのもチョイチョイとやっていました。

ところが次第に重いものを持てなくなり、はしごなんてもってのほか。しゃがみこんで雑巾がけをするのもつらいし、握力がなくなって、しっかりと雑巾をしぼることもむずかしくなりました。掃除機をかければ、あっちこっち机や台の角に腰をぶつけるようにもなりました。

好きだった料理もそうです。カボチャなど硬いものを包丁で切るのがたいへんになったり、フライパンを片手で持ちあげられなくなったり、鍋も洗うのに一苦労です。

私は、六〇代になってすぐ、「五十肩」というものを経験し、「そろそろ私も、年寄りの仲間に入ったのかしら」なんて思っていましたが、六〇代での老いの実感と、七〇代での老いの実感は、まったく次元が違います。

まわりの人間関係も、いろいろと出てくるのが七〇代です。私は六六歳のときに夫を亡くしましたが、七〇代ともなると、友人でも元気な人もいれば、亡くなったりする人も増えてきます。

いつも元気だった人が、転んだりして、そのまま車椅子の生活になってしまったり、そういうのが、私にとっては、とてもショックなことでした。ですから、自分もそういうことを計算に入れて暮らさないといけないと思ったのです。

私のことを心配して、いろいろと手伝いに来てくれていた女性は、何十年もお母さまを介護していて、お母さまを看取った後、ようやく生活が落ち着いてきたときには、もう八〇歳近くになっていました。

それまでは、車を運転して、あちこち仕事に行っていましたが、それもできなくなってきて、これからの人生、どう生きていこうかと、すごく悩んでいました。

私も七〇代の一〇年間は、いろいろと考えさせられる出来事がありました。家の中も整理しなくてはいけないし、仕事でも家事でも、自分はまだ若いと思っているから、やりすぎてしまって疲れきっていました。

買って五年やそこらのコンピューターだって壊れてしまうのだし、自分のからだも「いままでよく働いてくれたわ。もう、壊れてもしょうがないわ」と労わるぐらいの気持ちが大切ではないでしょうか。

それから七〇代は、夫の介護をしている女性も多いですね。私の知っている人は、七〇代なかばくらいのとき、一〇歳年上のご主人ががんになり、東京のがん研有明病院まで一緒に通っていました。炎天下に夫を連れて歩くのは、本当にたいへんだったと、よく手紙でこぼしていました。

六〇代後半から七〇代前半くらいの人は、姑（しゅうとめ）や舅（しゅうと）の介護をしている人も多いでしょうし、さらに姑や舅、夫を見送って、ひとり暮らしを始めたり、子どもと同居するために引っ越しをする人も多いと思います。

このように、七〇代は、人生のターニングポイントになるようなことが、次から次へとやってきます。

昔は人生五〇年と言われていましたが、いまは人生八〇年、一〇〇年の時代です。七〇歳をすぎても、いくつも山があるし、谷もあります。

それを越えてしまえば、案外、おだやかな八〇代、九〇代が待っています。老いを受け入れ、次第に達観の境地になるわけです。そのときに、自分が、どういうふうに生きたいか、何をしたいか、どんな暮らしをしたいか、自分をしっかり持って、考えるようにしましょう。

家族を見送って思うこと

私は六三歳のとき、姑を見送りました。その三年後に夫を見送り、それから実の妹や、夫の弟を見送って、まわりにいた家族みんなを見送ったら、なんだか肩の荷がスーッと下りたような気がしました。

それまでは、日々、やることに追われていて、自分の楽しみは二の次でしたし、誰かのために自分の時間を使っていました。

三〇年以上前のことになりますが、夫が亡くなった一週間後、地方の講演会の予定が入っていたので、新幹線で出かけたのですが、帰りに大雪で新幹線が止まってしまいました。「早く帰って、夕食の支度をしないといけないのに」と焦(あせ)ったあとに、ハッとしました。もう、私を待っている人はいないのです。そこではじめて、「私は自由になったんだ」と気がついたのです。

私は六六歳からの三十数年、ひとり暮らしの人生を謳歌してきました。するとと、もう、私はいつ逝ってもいいかなという気持ちになってきました。新聞の死亡欄でも、お名前と年齢をよく見ますが、もう、ほとんどが私の年下の方ばかりです。いつでも、「明日はわが身」という気持ちです。

私は、死ぬのは怖くありません。というのは、姑、夫、妹と、三人の最期に立ち会ってきましたが、ほんとうに三人とも、自然にスーッと息を引き取ったのを見ているからかもしれません。

姑は、認知症を患っていました。症状がひどくなってきたので、いよいよ入院させようと病院を探しました。入院する日の朝、支度をしていると、「お水が飲みたい」というので、お水を飲ませてあげると、「お水って、こんなにおいしいのね」と言って、それから、ほどなくして息を引き取ったのです。

夫は、腹水が溜まっていたので、病院で抜いてもらおうと思って病院に行くと、そのまま入院することになりました。私だけ家に戻って入院支度をしていたら、病院から電話がかかってきて、あわてて駆けつけ、夫の最期を見届けました。

妹も、家族から連絡があり、私が駆けつけると、おだやかに息を引き取りました。

人間って、こんなにおだやかに、生と死の境界線を越えられるのかと思ったら、私も、死ぬのが怖くなくなりました。

人間、いつかは死ぬのですから、むやみに死を恐れることなく、おいしいものを食べたり、美しい自然を見て感動したり、いまを精いっぱい、悔いの残らない生き方をしようと思っています。

お墓の管理をめぐって

古谷家のお墓は、東京・府中の多磨霊園にあります。夫の父が、ブラジルに行くときにつくったものです。

外交官をしていた舅は、赴任先のイギリスで、夫のすぐ下の弟を生まれて間もなく亡くしています。

小さな骨壺に入れて日本に持ち帰り、外交官を辞めてブラジルに移住するときに、多磨霊園にお墓を用意したのでしょう。

ただ、夫が亡くなったとき、そのお墓にお骨は納められていましたが、墓石は建っていなかったので、私が墓石を建てました。

舅はブラジルで亡くなって、お墓も向こうなので、古谷のお墓に入っているのは、夫と、小さいころに亡くなった夫の弟のほかに、古谷の母、つまり晩年に一緒に暮らした姑です。

姑は、舅と別れて再婚しているので、本来なら再婚相手のお墓に入るはずです。でも、相手のお墓が岩手にあり、生前から姑が、「古谷のお墓に入れてほしい」と、あまりにも強く希望していたので、古谷のお墓に入れることにしました。

なんでも、岩手のお墓は、合葬で、骨壺から出した骨を、唐櫃(からびつ)にザラザラと流し入れるそうで、それを見た姑は、「私は、ここには絶対入りたくない」と思ったそうです。

私の妹は、夫のいちばん下の弟と結婚したので、当然、古谷のお墓に入っています。その上の弟の前の奥さんは、私の友人でもありましたが、彼女も古谷のお墓に入っています。


一体何人が、古谷のお墓に入っているのだろう、と思います。私も中に入ったら、みんな一緒でおもしろいかなとも思っています。

多磨霊園は、宗派が決まっていないので、身内なら誰が入ってもいいのです。

春になれば、ソメイヨシノ、しだれ桜、八重桜などが咲いて、とてもきれいですし、三島由紀夫さん、山本五十六さん、岡本太郎さんなど、数多くの著名人も眠っています。

こうやって、みんなのお骨を預かっていますが、意外と墓地の管理もたいへんです。管理費もかかるし、私がいなくなったあとは、誰がお墓を守るのだろうかと、気になっています。夫のきょうだいも、みんないなくなってしまったし、誰にも相談できません。

いまは、なかなかお墓を継ぐ人がいなくて、「墓じまい」というのも増えていますが、つくづく一つのお墓を守りつづけるのはたいへんだと感じています。

古谷のお墓も、姪や甥はいますが、姪も結婚しているので、嫁ぎ先のお墓に入るでしょうし、甥も別にお墓を持っているので、その先のことまでは、まだわかりません。

お墓参りには、時々、姪や甥が車で連れていってくれます。多磨霊園のすぐそばにも、姑の孫が住んでいるので、時々お墓を見にいってくれているようです。

とりあえず、少なくとも私が生きている間は、私が管理して、その後はご自由にどうぞという気持ちでいます。

「文子のうち」のアイデア

お墓となると、建てたり、管理したり、継いだりと、いろいろと頭を悩ませることが多いのですが、位牌(いはい)や仏壇もそうです。

家族がいればいいですが、家族がいなくなったとき、位牌を誰がどうするかというのも、親戚で問題になることもあるでしょう。

夫の妹が亡くなったとき、嫁ぎ先のお墓に入ったのですが、位牌をやめて、仏壇もつくりませんでした。

文子(ふみこ)さんというのですが、わりと早くに亡くなられてしまったので、仏壇を部屋に置くと、お子さんたちがつらい思いをするのではないかと、仏壇や位牌はつくらないことにしたのです。

そのかわり、「文子のうち」という、きれいなおもちゃのうちのようなものをつくってテーブルの上に置いて、お子さんたちに「お母さんのおうちだよ」と言っていたのです。

昔ながらの慣習に、何も考えずに従うのではなく、ちょっとしたアイデアで、亡くなった人や残された人にふさわしいやり方で弔うのも、一つのよい選択ではないでしょうか。

夫から聞いた規格外の話

明治生まれの夫は、前にも述べたように家のことはまったくせず、頑固（がんこ）で、いつもカッカ怒っているような人でしたが、交友関係にあった文士たちも、また豪快でした。

私と結婚する前のことですが、夫は評論家の小林秀雄（こばやしひでお）さんに、よく夜中にたたき起こされて、「ちょっと酒買ってこい」と言われて、「おまえが、いかにばかかっていうことを、これから聞かせてやるから」と、延々お説教されたそうです。からだが引き締まる思いがしたと言っていました。

私は小林さんとはお会いしたことがないのですが、夫よりもかなり年上だったので、逆（さか）らえなかったのでしょう。

作家の外村繁（とのむらしげる）さんも、本当に全部奥さんにまかせっきり。税金のこともよく知らなかったので、「奥さんが亡くなったら、どうなさるの?」と聞いたら、「ああ、税金を納めない」と言っていました。

それで通ると思っているのです。昔の文士って、本当に豪快でおもしろい方が多かったです。

作家の檀一雄さんも、テレビ局でお会いする機会が多かったので、わりと親しくしていました。突然電話がかかってきて、「宇和島の雑煮は何と何を入れるの?」と、料理の話をされたりしました。

檀さんは火宅の人と言われていましたから、私はよくわかりませんが、奥さんは、本当にたいへんだったのでしょう。

いまだったら、すごくとんでもないことばかりだったけど、そのころは、みなさん楽しくやっていました。だから、奥さん方は苦労されていたと思います。みなさん酔っ払いで、でも貧乏で。だけど才能があってプライドも高いから、たいへん。奥さん方は、着るものもなくて、いつも一張羅ばかり。

作家の尾崎一雄（おざきかずお）さんは、麻雀（マージャン）が大好きで、当時独身だった古谷の家によくみんなで集まって、麻雀をしていたそうです。

それで、徹夜になると、家に帰りづらくなって、「ちょっと古谷君、一〇銭貸して」と言って、古谷からお金を借りるのだそうです。

そのお金で何をするかと思ったら、一つ一〇銭くらいのおまんじゅうや大福を買って帰って、玄関の戸を開けて、手だけで、おまんじゅうを差しだすらしいのです。

奥さんは、旦那さんが帰ってきたら、なんて言ってやろうかと、カンカンに怒っているのですが、それを見ちゃうと、自然に笑ってしまう。奥さんは本当に甘いものが好きで、ついニコッと笑顔になってしまうとか。

そういう話を聞くのもおもしろかったです。

そういえば、昔は駅の構内や、町のあちこちに花屋さんがあって、遅くまで開いていましたが、あれも、奥さん向けのお詫（わ）びの花束のためでもあったのでしょう。やはり手ぶらでは帰りにくいものでしょうから。

こんな話を、毎晩のように、うちに人が集まってお酒を飲んでいるときに、夫から聞いていました。

夫は、私と姑を聞き手にして演説をするのが好きでした。昔はテレビがなかった時代ですから、テレビを見ながらお酒を飲んだりというのではなく、みんなで車座になってお酒を飲みながら侃々諤々。

酔っぱらいだから何度も同じ話をしますが、でも聞くほうも、「また同じ話を」なんて思いながら聞いていました。だから、姑と「また演説を聞かなきゃね」なんて言っていたものです。

直木賞作家の森荘已池さんの娘さんは、いまアメリカに住んでいますが、いまでも毎年、うちに遊びにきてくれます。

森さんにも、いろいろなエピソードがありました。

森さんは、当時盛岡に住んでいて、私がはじめて盛岡に行ったとき、宮沢賢治が命名した「イギリス海岸」というところに連れていってくれました。

あまりにもきれいな水だから飲もうとしたら、「いけません。都会の人は飲んじゃいけません」と言われてしまったこともありました。

盛岡といえば、政治家で首相にもなった原敬（はらたかし）さんの実家があるのですが、夫は原敬さんの息子さんと、一時期、文学の同人誌をつくっていたことがありました。それもあって、原さんが盛岡に帰るときに、私たちも一緒に連れていってもらったことがありました。

原さんの実家に招待していただいたのですが、いつもいいかげんな文士も、ああいうお宅に行くと、さすがに姿勢が正しくなるものです。

夜は、料理屋に連れていってもらいました。戦争中だったので、灯火管制があるころです。ごちそうになって外に出て歩いていると、原さんが酔っぱらって、「愛馬行進曲」を英語で歌いだしたのです。

原さんは、イギリスに留学していたことがあるので、英語の歌も上手です。夫も一緒になって大声で歌っていたら、お巡（まわ）りさんに捕まってしまったのです。

私は二人があんまり大きな声で歌うので恥（は）ずかしいから離れて、関係ないふりをして帰ったら、原さんの娘さんが出てきて、「パパはどうしたの?」「英語の歌を歌って捕まって警察にいます」「いま、市長さんが挨拶に来ているのに」なんて、バツが悪いこともありました。

本当に明治の文士は、規格外で楽しかったです。

「熊の子学校」を開校

阿佐ケ谷に、私たち夫婦が長い間通っていた「熊の子」という飲み屋さんがありました。

私の帰りが遅くなって、夫の食事の用意ができないときは、二人で食事をしにいったり、ママさんに頼んでおいて、家に持ってきてもらったりしていました。

その飲み屋のママさんは、とてもおもしろい人でした。

夫が通いはじめた、ある日、ママさんがカウンターの向こうで頬杖(ほおづえ)をついて、「おじさん、漫画家?」って聞いたそうです。ベレー帽をかぶっていたので、漫画家だと思ったらしいのです。

夫は、それ以来、毎晩のように遊びにいくようになり、「おもしろいママだから、うちへ来てもらって何かやろう」ということになって、「熊の子学校」というのを始めました。

ママさんに校長先生になってもらって、文芸評論家の亀井勝一郎さんとか、いろんな人に来ていただいて、その人たちのお話を聞く会を始めました。

私は、自分が小さいときに学校がいやで、なかなか行かない子どもでしたが、大人になったら、こういった学校ごっこが好きになりました。

うちには、本当にいろいろな方がいらっしゃいました。まだ、掘っ立て小屋のときは、窓から外がよく見えるので、門から誰かが入ってくると、すぐわかります。たとえば、詩人の金子光晴さんなんかも、ふらりと入ってきて、私がちょうど何かやっていると、「いる?」と聞くのです。夫がいるのは知っているのに、おもしろいですね。

金子光晴さん、森三千代さんご夫妻に、「ご飯を食べにいらっしゃい」とご招待を受けて、遊びにいくと、光晴さんが家の中で、とてもよく働いているのです。三千代さんのほうが、おすましして座っている。

お二人は、お蕎麦屋さんの二階で暮らしていたのですが、部屋がちょっと傾いているので、何かを置くと、みんな転がっていってしまうのです。

昔の文士の生活は、貧乏なのが当たり前でした。

おもしろかった夫の半生

くり返しますが、夫は、家のことはまったく何もしない、自分ではできない、手のかかる人でした。というのは、夫は、小さいころからイギリス人の乳母に育てられて、自分では何もしなかったのです。正真正銘のお坊っちゃんです。

大切に育てられてきたというのもあるでしょうが、とにかく、生活というものがわからない人でした。

若いときに、はじめて下宿をしたら、自分で布団を敷いたり上げたりしなくてはならないことに、とても驚いたらしいのです。その理由が、「布団が重くて、びっくりした」とか。何を言っているの、という感じです。

さすがに電車の切符くらいは自分で買えたそうですが、その後、文士の仲間に入って、本当に鍛えられたらしいです。若造だったときには、「座布団を持ってこい」と言われて、それもびっくりしたそうです。

それで一〇代で、「自分は、なんてお坊っちゃんなんだろう」と思って、苦学生のための寮を始めたのです。

お金は、姑に出してもらい、家を借りたそうです。「希望寮」という名前をつけて、苦学生を集めて、勉強の場にしたのです。

夜、みんなが勉強していると、夫がお蕎麦屋さんでかけそばを取ってあげたそうです。「希望寮まで」と名乗ったら、お蕎麦屋さんが配達のとき、朝鮮の人だと思ったらしく、「キ・ボウリョウさーん」なんて呼ばれたという話もしてくれました。つまり、夫は、若いころから好きなことをして、自由気ままに暮らしていたのです。

その後、そのときの寮生だった人が、総合商社に入社して、木を仕入れる仕事に就き、「一度遊びにきてください」と言うので、四国まで遊びにいったことがありました。

二人で出かけていったら、「何が好きですか？」と聞かれて、夫は正直に「アユとウナギが大好きです」と答えたのです。
そうしたら行く先々で、アユとウナギが出てきます。ぐるっと四国の山を回るというので、一緒に見にいったら、毎日毎日アユとウナギ。夫と二人で、大笑いしてしまいました。

お坊っちゃん育ちの夫は、おもしろい半生を送ってきたので、晩年もおもしろかった。夫が知り合った方々が、たくさんうちを訪ねてきてくれました。夫には、いろいろなところへも連れていってもらいました。
私は、何か特徴のある生き方をしてきたわけではなかったし、家も貧乏でした。父や母とも、早くに別れていたので、古谷家のようなうちは未知の世界で、おもしろかったのです。

ただ、そういう夫だったので、金銭感覚がまったくなくて、そこは苦労しました。もっぱらお金に関しては使う側です。だから一生懸命、私が稼がないといけませんでした。

いま住んでいる家も、私が働いて建てました。夫は、生活のことや家計のことは一切考えないし、姑も何も苦労せずに育った人でした。そんな二人だったので、私は細腕で頑張りました。

たいへんでしたが、やはり夫といると、いろんな方と出会えたり、おもしろい話が聞けたり、楽しい経験ができたので、頑張れたのだと思っています。

私が好きなベルギーとオランダ

これまで海外旅行をした中で、好きな国は、ベルギーとオランダです。イギリスやフランスよりも、私にとっては、すごく感じがよかったからです。

国によっては、日本人をばかにするようなところが、ちょっとあります。白人ではない、有色人種に対して、面と向かって、何かいやなことをされたわけではないのですが、丁寧に話している中にも、なんとなく慇懃無礼さを感じるのです。

ドイツも、そういうような感じがあるのに、お隣のベルギーは、居心地がとてもいいのです。日本人を小ばかにするような感じが全然ありませんでした。

オランダも、とても親しみやすいですし、ベルギーも街並みがすごくきれいだし、いろんな意味で、とてもいいところだと思いました。いやな印象がひとつもないのです。

夫はベルギーで生まれました。父親が外交官だったので、ベルギーで生まれて、ロンドンで育ちました。

大人になって、夫の弟がベルギーに行ったときに、自分が住んでいたところに行ってみたら、以前住んでいたアパートがまだ残っていたそうです。

自分がここで生まれたとか、暮らしていたというところが、大人になっても残っているのは、いいものです。

オランダに行ったときは、マーストリヒトのホテルに泊まりました。マーストリヒト駅のすぐそばです。

友人夫婦が退職後に旧婚旅行じゃないけれど、オランダに行くというので、私も途中で合流したのです。

ご主人が、英語がよくできる人だったので、あっちこっち連れていってもらえました。

そのマーストリヒトのホテルが、かわいい小さいホテルでしたが、とても感じがよかったのです。それなので、そのホテルの絵葉書を買ってきて、いまでも壁に飾っています。

こういうものがあると、思い出がよみがえって、見るたびに気分がよくなります。

遺言は生きじたく

私は、夫が亡くなってすぐ、六六歳のときに、遺言を書きました。「遺言を書いた」というと「縁起（えんぎ）でもない」といやがる人もいますが、私はとても大切なことだと思います。

私が突然死んだら、この借地はどうなるのか、家にある蔵書はどうするのか、あとの人が困らないように、葬式のことや、蔵書の寄贈先、残った家財や家はどうするかに加えて、延命措置はとらないことなど、自分の意思（いし）をすべて遺言書に残しました。献体にも登録しています。

遺言書を作成するときは、自己流だとトラブルになることもあると聞いたので、弁護士さんにお願いして、正式な遺言書をつくって、一通を銀行の貸し金庫に入れ、一通を弁護士さんに預けています。

当時、遺言書をつくってもらった弁護士さんは亡くなってしまいましたが、弁護士事務所なので、私の遺言書はそのまま引き継がれています。

弁護士事務所の方は、みなさんとてもいい方ばかりで、借地の更新の交渉なども安心しておまかせしています。

うちの土地は、借地なので更新料が必要なのですが、その更新時の交渉も弁護士さんにお願いしたら、前回の更新の半分の金額ですみました。弁護士さんにお礼を払ったとしても、ずいぶんお得です。

高齢になったら、遺言書だけでなく、弁護士さんに頼んだほうがいいことがいろいろと出てきますので、信頼できる弁護士さんを見つけたほうが、絶対にいいと思います。


遺言を書くということに、抵抗のある方も多いかもしれませんが、私は遺言を書くことで、気持ちがさっぱりしました。

遺言書は、死にじたくではなく、生きじたくなのではないかと思います。死後のことを、自分の意思で決めたら、あとは死ぬまで、精いっぱい生きるだけですから。

最近、「本が売れない」と言われていますが、そんな時代でも、一〇〇歳目前の私が発信することに耳を傾けてくださる方がいらっしゃることは、私にとって、とてもうれしいことです。

著者略歴

一九一八年、東京都に生まれる。家事評論家、随筆家。文化学院卒業。文芸評論家・古谷綱武と結婚、家庭生活の中から、生活者の目線で暮らしの問題点や食文化の考察を深める。一九八四年からはひとり暮らし。さらに、快適に老後を過ごす生き方への提言が注目を集めている。

著書には『99歳からあなたへ』（海竜社）、『ほんとうの贅沢』（あさ出版）、『さっぱりと欲ばらず』（中央公論新社）、『もうすぐ１００歳、前向き。』『吉沢久子、27歳の空襲日記』（以上、文春文庫）、『年を重ねることはおもしろい。』『人間、最後はひとり。』『今日を限りに生きる。』『人はいくつになっても生きようがある。』（以上、さくら舎）などがある。

１００歳の生きじたく

二〇一七年一〇月一一日　第一刷発行

著者　吉沢久子
発行者　古屋信吾
発行所　株式会社さくら舎　http://www.sakurasha.com
東京都千代田区富士見一-二-一一　〒一〇二-〇〇七一
電話　営業　〇三-五二一一-六五三三　ＦＡＸ　〇三-五二一一-六四八一
編集　〇三-五二一一-六四八〇
振替　〇〇一九〇-八-四〇二〇六〇

装丁　石間　淳
写真　高山浩数
編集協力　長谷川　華
印刷・製本　中央精版印刷株式会社

ISBN978-4-86581-119-3